"(...) Um homem toma posse de si mesmo por meio de lampejos, e muitas vezes quando toma posse de si não se encontra nem se alcança. (...)"

A. Artaud, *Carta para Jacques Rivière* em 25 de maio de 1924

**Coleção Lampejos**



***O clarão de Espinosa***
**Romain Rolland**
**título original** *L'éclair de Spinoza* – Editions du Sablier, 1931



**tradução©** Carla Ferro
**coordenação editorial** Peter Pál Pelbart e Ricardo Muniz Fernandes
**direção de arte** Ricardo Muniz Fernandes
**projeto da coleção/capa** Lucas Kröeff
**ilustração/alfabeto** Waldomiro Mugrelise
**assistência editorial** Paulo Henrique Pompermaier
**ISBN** 978-65-81097-08-0
**preparação** Graziela Marcolin

*Grafia atualizada segundo o Acordo Ortográfico da Língua Portuguesa de 1990, em vigor no Brasil desde 2009.*



N-1 EDIÇÕES
R. Fradique Coutinho, 1139
05416-011 São Paulo SP Brasil

**Romain Rolland**
O clarão de
Espinosa

**Romain Rolland**
O clarão de
Espinosa

O livro como imagem do mundo é de toda maneira uma ideia insípida. Na verdade não basta dizer Viva o múltiplo, grito de resto difícil de emitir. Nenhuma habilidade tipográfica, lexical ou mesmo sintática será suficiente para fazê-lo ouvir. É preciso fazer o múltiplo, não acrescentando sempre uma dimensão superior, mas, ao contrário, da maneira mais simples, com força de sobriedade, no nível das dimensões de que se dispõe, sempre n-1 (é somente assim que o uno faz parte do múltiplo, estando sempre subtraído dele). Subtrair o único da multiplicidade a ser constituída; escrever a n-1.

Gilles Deleuze e Félix Guattari

**ROMAIN ROLLAND** (1866-1944, França), nascido no tempo em que só podia ter notícias de outros países por meio dos combatentes que retornavam das guerras, procurou a chave da fraternidade dos povos na herança materna: a música. Por essa chave, aliada ao fascínio pelas vidas elevadas, declarou-se pacifista e "republicano, mais que francês". Depois de mais de uma dezena de dramas históricos e filosóficos, escreveu a proposta de um *Teatro do Povo*, "máquina de guerra contra uma sociedade caduca" e convite a uma arte nova para um outro mundo. Em paralelo à escrita das vidas de Beethoven, Tolstói, Michelangelo, entre outros, dedicou-se aos dez volumes de *Jean-Christophe*, romance que expressa seu desejo de uma humanidade reconciliada e pelo qual recebeu o prêmio Nobel de Literatura em 1915. Acusado de ser antifrancês por posicionar-se contra o nacionalismo durante a Primeira Guerra, publicou seu manifesto pacifista *Au-dessus de la mêlée*. Em 1924 escreveu *O clarão de Espinosa*, esta vibrante homenagem ao encontro com a obra do filósofo, considerado por ele, assim como a música "que faz tocar o fundo da alma humana", a base de sua confiança na composição harmoniosa das diferenças à qual fez apelo durante toda a vida.

# L'éclair de Spinoza

# O clarão de Espinosa

Carla Ferro
(*tradução*)

Ces pages sur Spinoza, qui font partie d'un chapitre de Confessions inédites, intitulées : *Le voyage Intérieur*, n'ont jamais été publiées que dans une lointaine revue d'Asie, en langue bengali : *Probasi* (1926), par mon ami le professeur Kalidas Nag. Et je veux, à ce sujet, raconter un fait émouvant, qui montre, une fois de plus, la parenté des esprits d'Orient et d'Occident.

Quelques semaines après la publication, Kalidas Nag reçut, d'une prison de l'Inde, une lettre censurée d'un jeune Bengali détenu politique. Le prisonnier, qui avait lu le récit extatique de l'adolescent français voyant filtrer au travers des barreaux de sa cage le blanc soleil de l'Etre, s'était reconnu dans le jeune frère d'Europe. Et, de sa geôle inconnue d'Asie, il tendait vers lui les mains, avec transports.

*Romain Rolland*

Estas páginas sobre Espinosa, que fazem parte de um capítulo de *Confissões inéditas*, intituladas "A viagem interior", foram publicadas apenas em uma longínqua revista da Ásia, em língua bengali: *Probasi* (1926), por meu amigo, o professor Kalidas Nag. E sobre isso quero contar um fato emocionante, que mostra mais uma vez o parentesco dos espíritos do Oriente e do Ocidente.

Algumas semanas após a publicação, Kalidas Nag recebeu, de uma prisão da Índia, uma carta censurada de um jovem preso político bengali. O prisioneiro, que havia lido o relato extático do adolescente francês vendo infiltrar-se através das barras de sua cela o sol branco do Ser, reconheceu-se no jovem irmão da Europa. E, de seu calabouço desconhecido da Ásia, estendia as mãos para ele, comovido.

*Romain Rolland*

J'ai toujours vécu, parallèlement, deux vies, – l'une, celle du personnage que les combinaisons des éléments héréditaires m'ont fait revêtir, dans un lieu de l'espace et une heure du temps, – l'autre, celle de l'Etre sans visage, sans nom, sans lieu, sans siècle, qui est la substance même et le souffle de toute vie. Mais de ces deux consciences, distinctes et conjuguées, – l'une épidermique et fugace, – l'autre, durable et profonde, – la première a, comme il est naturel, recouvert la seconde, pendant la plus grande part de mon enfance, de ma jeunesse, et même de ma vie active et passionnelle. Ce n'est que par soudaines explosions que la conscience souterraine, réussissant à forer l'écorce des jours, jaillit comme un jet brûlant de puits artésien, – pour quelques secondes seulement, – de nouveau disparue et sucée par les lèvres de la terre. Jusqu'aux temps accomplis de la maturité, où les coups répétés des blessures de la vie élargissant les fissures de l'écorce, la poussée de l'âme intérieure fraie à l'Etre caché son thalweg et son lit de fleuve dans la plaine.

Avant d'en arriver à cet état de communion directe, où je suis à présent, avec la Vie universelle, j'ai vécu séparé d'elle et proche, l'entendant cheminer avec moi, sous le rocher, – et soudain, de

Eu sempre vivi duas vidas paralelas: uma, a do personagem que as combinações dos elementos hereditários me fizeram trajar, em um lugar do espaço e em uma hora do tempo; a outra, a do Ser sem rosto, sem nome, sem lugar, sem século, que é a substância mesma e o sopro de toda vida. Mas, dessas duas consciências distintas e conjugadas — uma epidérmica e fugaz, a outra durável e profunda —, a primeira, como é natural, encobriu a segunda durante a maior parte da minha infância, da minha juventude e mesmo da minha vida ativa e passional. Foi apenas por repentinas explosões que a consciência subterrânea, perfurando a couraça dos dias, jorrou como um jato fervente de poço artesiano — por alguns segundos, somente — e desapareceu de novo, sorvida pelos lábios da terra. Até a chegada da maturidade, quando os golpes repetidos das injúrias da vida alargam as fissuras da casca, o impulso da alma escava para o Ser oculto seu talvegue e seu leito de rio na planície.

Antes de alcançar esse estado de comunhão direta com a Vida universal em que estou agora, eu vivi separado dela e próximo, ouvindo-a caminhar comigo, sob o rochedo — e subitamente, de

loin en loin, aux instants que je m'y attendais le moins, vivifié par ces irruptions de flots artésiens, qui me frappaient à la face et qui me terrassaient.

J'ai noté trois de ces jets de l'âme, trois de ces Eclairs, qui remplirent mes veines du feu qui fait battre le cœur de l'univers. La trace de leur brûlure est restée aussi vive en mon vieux corps, que l'épreuve a, depuis, roulé comme un galet, qu'à la minute lointaine où elle s'imprimait dans la chair délicate et fiévreuse de l'adolescent.

Je ne livrerai ici que le récit du second de ces Eclairs : les mots de feu de Spinoza.

Entre seize et dix-huit ans.

Deux tragiques années. Insignifiantes, aux yeux qui n'en verraient que l'étoffe, la vie familiale et scolaire d'un incertain adolescent. Mais elles ont recélé les monstres dévorants du désespoir mortel. En ces jours, non en d'autres, j'ai touché le fond du néant.

— « O aimable jeunesse ! » me dit amèrement Spitteler en pensant à la sienne...

J'y reviendrai ailleurs... Seule, tandis que je sombrais, la tempête de Shakespeare, soulevant les couches profondes du morne océan, ramenait, par remous, mon épave à la surface, pour la replonger

longe em longe, nos instantes em que eu menos esperava, era vivificado por essas irrupções de torrentes artesianas, que me golpeavam a face e me derrubavam.

Eu notei três desses jatos da alma, três desses Clarões, que inundaram minhas veias com o fogo que faz bater o coração do universo. A marca de sua queimadura permaneceu tão viva em meu velho corpo — que a prova desde então rolou como um seixo — quanto no minuto longínquo em que se imprimiu na carne delicada e febril do adolescente.

Relatarei aqui apenas o segundo desses Clarões — as palavras de fogo de Espinosa.

Entre dezesseis e dezoito anos

Dois trágicos anos. Insignificantes aos olhos que vissem somente a fachada, a vida familiar e escolar de um adolescente incerto. Mas eles escondiam os monstros devoradores do desespero mortal. Nesses dias, não em outros, eu toquei o fundo do nada.

— "Oh amável juventude!", diz-me amargamente Spitteler, pensando na sua...

Voltarei a isto mais adiante... Enquanto eu naufragava, apenas a tempestade de Shakespeare, agitando as camadas profundas do morno oceano, trazia, por arrebatamentos, minha carcaça à super-

dans la nuit. Je dirai le compagnon que me fut alors Hamlet, et le commentaire, agrippé à chaque mot comme un lierre, que je lui ai consacré...

Mais dans l'esprit s'opérait une métamorphose. Puissante et déchirante. Je muais, de corps et d'âme, de la voix comme de la pensée. A seize ans, mon intelligence était encore fermée aux idées abstraites. Je traversais, en aveugle, la classe de philosophie, au lycée Saint-Louis, avec Evelyn et Darlu. Devant ces mots sans visage, sans couleur, sans odeur, que les mains ne pouvaient palper, que la bouche ne pouvait mordre, qui se refusaient à la caresse comme à la blessure des sens, ces mots-machines de la métaphysique et des mathématiques, instruments de génie créés par le cerveau, je restais privé de souffle et hostile... « *Fuori Barbari!...* ». — Or, moins d'un an après, en classe de philo que je redoublais à Louis-le-Grand, pour me préparer à Normale, j'étais devenu le premier ; et l'excellent Monsieur Charpentier, mon maître grand et gros, jubilait en donnant à pleine voix lecture à son troupeau de mes dissertations : où d'ailleurs, traîtreusement, metteur en scène de la pensée, je faisais dialoguer Malebranche avec son chien... La porte était ouverte et j'enjambais le

fície, para mergulhá-la novamente na noite. Vou dizer o companheiro que Hamlet me foi então, e o comentário que dediquei a ele, agarrado a cada palavra como planta trepadeira...

Mas no espírito operava-se uma metamorfose. Potente e dilacerante. Eu emudecia, de corpo e alma, da voz como do pensamento. Aos dezesseis anos, minha inteligência era ainda fechada para as ideias abstratas. Eu atravessava às cegas as aulas de filosofia no colégio Saint-Louis, com Evelyn e Darlu. Diante dessas palavras sem rosto, sem cor, sem odor, que as mãos não podiam palpar, que a boca não podia morder, que se recusavam tanto à carícia quanto às ofensas dos sentidos, diante dessas palavras-máquinas da metafísica e da matemática, instrumentos de engenho criados pelo cérebro, eu ficava sufocado e hostil... *Fuori Barbari!...* – Ora, menos de um ano depois, no curso de filosofia que eu repetia no Louis-le-Grand para me preparar para a Escola Normal, tornei-me o primeiro da classe; e o excelente Sr. Charpentier, meu mestre grande e gordo, jubilava lendo as minhas dissertações a plenos pulmões para o seu rebanho: nas quais, aliás, traiçoeiramente, encenador do pensamento, eu fazia Malebranche dialogar com seu cachorro... A porta estava aberta e

seuil du royaume de l'Informe, — sans doute en l'anthropomorphisant — mais combien de philosophes (et je dis des plus grands) ont été moins naïfs, ou plus outrecuidants !

Le cercle philosophique était assez étroit, dans la classe de Philo A de Louis-le-Grand. Mais soigneusement pioché et retourné. Il restait confiné entre les hautes haies du jardin de Descartes, Versailles de la pensée. J'ai été substantifiquement nourri de la moelle Cartésienne, pendant deux à trois années.

J'y ajoutais ce que j'allais grappiller dans l'enclos voisin (Philo B), à la vigne de Burdeau, des fantasmagories Présocratiques. Quelques graines tombées du bec de ces grands oiseaux, Ioniens et Trinacriens, ont germé depuis, dans mon « *Empédocle d'Agrigente* ».

— Mais le chemin naturel de l'esprit me conduisait à ceux qui, partis du majestueux jardin muré de Descartes, y avaient, par une brèche, ouvert des perspectives illimitées. Il me mena tout droit, d'instinct, comme un chien, guidé par le flair de deux ou trois mots — à Spinoza.

J'ai gardé précieusement l'édition, devenue rare, achetée sous les galeries de l'Odéon, — qui fut, en ces années, mon élixir de vie éternelle :

eu ultrapassava a fronteira do reino do Informe — sem dúvida antropomorfizando-o — mas quantos filósofos (e eu falo dos maiores) foram menos ingênuos, ou mais presunçosos!

O círculo filosófico da turma "Philo A" do Louis-le-Grand era bem pequeno. Mas cuidadosamente escolhido e examinado. Ficava confinado entre as altas cercas-vivas do jardim de Descartes, a Versailles do pensamento. Fui substancialmente nutrido da medula cartesiana durante dois ou três anos.

A isso eu acrescentava o que ia colher no terreno vizinho ("Philo B"), no vinhedo de Burdeau, as fantasmagorias pré-socráticas. Algumas sementes caídas do bico desses grandes pássaros jônicos e eleáticos germinaram depois, em meu "Empédocles de Agrigento".

— Mas o caminho natural do espírito me conduzia àqueles que, partindo do majestoso jardim murado de Descartes, tinham aberto, por uma brecha, perspectivas ilimitadas. Ele me levou diretamente, por instinto, tal como um cão guiado pelo cheiro de duas ou três palavras, a Espinosa.

Eu guardei preciosamente a edição — hoje rara, comprada nas galerias do Odeon — que foi, nesses anos, meu elixir da vida eterna:

*Œuvres de Spinoza, traduites par Emile Saisset, avec une introduction critique, nouvelle édition revue et augmentée.* Charpentier, 1872, 3 volumes, in-12, cartonnés en vert.

Bien que ma pensée soit maintenant affranchie du strict rationalisme de maître Benoît, et qu'elle en ait reconnu maints paralogismes, il me reste sacré, à l'égal des Livres Saints pour un qui croit en eux ; et je ne touche ces trois volumes qu'avec un pieux amour.

Je n'oublierai jamais que dans le cyclone de mon adolescence, j'ai trouvé mon refuge au nid profond de l'*Ethique.*

C'est quatre heures. L'hiver. Le jour tombe. Le jour terne d'un ciel gris et glacé. Je suis assis devant ma table adossée au mur, près de la fenêtre. Dehors, la rue Michelet, déserte, où s'engouffre la bise, et, séparé par une grille, le funèbre jardin de l'Ecole de pharmacie, où les rares visiteurs semblent prier devant les tombes des plantes. Mais je ne vois rien du dehors. Je suis muré. Muré dans la chambre close. Muré dans ma carapace hérissée contre le froid, qui pénètre dans la pièce non chauffée et jusque sous le pardessus où se recroqueville mon corps frileux. Muré dans la contemplation du

*Obras de Espinosa, traduzidas por Emile Saisset, com uma introdução crítica, nova edição revista e ampliada.* Charpentier, 1872, 3 volumes in-12, encadernadas em verde.

Embora meu pensamento esteja agora livre do estrito racionalismo do mestre Benoît, e tenha reconhecido nele muitos paralogismos, essa edição continua sagrada para mim, como os Livros Sagrados para quem crê neles, e eu não toco esses três volumes sem um amor piedoso.

Não esquecerei jamais que no ciclone de minha adolescência encontrei meu refúgio no ninho profundo da *Ética.*

São quatro horas. Inverno. O dia cai. O dia terno com um céu cinzento e gelado. Estou sentado diante de minha mesa encostada na parede, perto da janela. No exterior, a rua Michelet deserta, onde assovia o vento frio do norte, e, separado por uma grade, o fúnebre jardim da Escola de Farmácia, onde os raros visitantes parecem rezar diante das tumbas das plantas[1]. Mas não vejo nada lá fora. Estou enclausurado. Enclausurado no quarto fechado. Enclausurado em minha carapaça eriçada contra o frio, que penetra no cômodo sem aquecimentos e entra por baixo do sobretudo onde se encolhe meu corpo friorento. Enclausu-

livre, que tiennent mes doigts gourds. Autour de moi, je sens, morne halo, le triste jour qui meurt, l'implacable nature, l'étau de la ville de pierre, et celui de mes pensées.

L'éternel prisonnier, attaché dans sa geôle, traîne au pied le boulet du souci, de la lutte pour la vie, l'obsession acharnée de l'examen, qui empoisonne tant de jeunes existences, des échecs répétés, de la nécessité de crisper toutes ses forces pour le combat, l'obligation morale de vaincre, non seulement pour vivre, pour sauver sa vie, mais pour sauver celle des siens, pour répondre à leur sacrifice absolu, qui a misé tout leur sort sur une carte, sur mon sort. Malheureux enfant débile, sur qui pèse une responsabilité trop lourde, qu'il n'a pas demandée ! Elle l'oppresse ; et pourtant, elle lui est une armure ; en écrasant ses épaules, elle l'oblige à se raidir. Sans elle, il s'abandonnerait au Rêve incessant, qui bourdonne dans le fond de la ruche fermée. Mais sous la chape qui le recouvre, sa frêle et nerveuse énergie se concentre, se tend, angoissée, vers une lueur qui filtre par l'étroit soupirail…

rado na contemplação do livro que meus dedos gélidos seguram. Ao meu redor, como uma aura mórbida, sinto o triste dia que perece, a implacável natureza, a prisão da cidade de pedra, e a dos meus pensamentos.

O eterno prisioneiro, cativo em seu calabouço, arrasta o peso da preocupação, da luta pela vida, da obsessão intransigente dos exames que envenena tantas jovens existências, dos fracassos repetidos, da necessidade de retesar todas as forças para o combate, não obstante o desgosto do combate, da obrigação moral de vencer, não apenas para viver, para salvar a própria vida, mas para salvar a vida dos seus, para corresponder ao sacrifício absoluto dos que apostaram toda a sua sorte em uma só carta: a minha sorte. Frágil e infeliz criança, sobre a qual pesa uma responsabilidade excessiva que ela não pediu! Que a oprime, e, no entanto, serve-lhe de armadura; pesando sobre seus ombros, ela obriga a criança a endireitar-se. Sem ela, ter-se-ia abandonado ao Sonho incessante que zumbe do fundo da colmeia fechada. Mas, sob a capa que a recobre, sua fugidia e nervosa energia concentra-se, estende-se, angustiada, em direção a um luar que se infiltra pela pequena claraboia...

Elle filtre. Je la fixe dans la nuit de ma cave. Je la fixe entre les barreaux noirs des lignes du livre vêtu de vert. Et sous la fixité trouble de mon regard halluciné, voici que les barreaux s'écartent et que surgit le soleil blanc de la *Substance.* Métal en fusion, qui remplit la coupe de mes yeux, il coule dans mon être qu'il consume ; et mon être, comme une fonte, rejaillit en la cuve...

Il a suffit d'une page, la première, — de quatre Définitions, et de quelques éclats de feu qui ont sauté, au choc des silex de l'*Ethique.*

Je ne me fais point d'illusion, et ne veux pas en faire aux autres. Je ne prétends, ni que cette vertu de miracle soit inhérente à des mots magiques, ni que j'y aie alors saisi la pensée vraie de Spinoza. De même qu'en lisant le long premier volume d'*Introduction*, honnête et timorée, par Emile Saisset, je ne m'arrêtai pas aux arguments effarouchés de ce spiritualiste et sautai allègrement pardessus son garde-feu dans le braisier, dont son labeur avait pour objet de me défendre — (Naïfs contradicteurs ! C'est à eux que l'ont doit de connaître et d'aimer les génies interdits !) — ainsi, dans le texte même de Spinoza, je découvrais non lui, mais moi ignoré. Dans l'inscription tracée au porche de l'*Ethique*, dans ces Définitions aux lettres flam-

Ele se infiltra. Eu o fixo na noite do meu porão. Eu o fixo entre as barras escuras das linhas do livro encapado de verde. E sob a fixidez turva de meu olhar alucinado, eis que as barras se afastam e surge o sol branco da *Substância*. Metal em fusão, que enche a taça dos meus olhos, escorre em meu ser, consumindo-o; e meu ser, como uma fonte, jorra novamente na cuba...

Bastou uma página, a primeira — quatro Definições e algumas faíscas que saltaram ao atrito das pedras de sílex da *Ética*[2].

Não tenho ilusões e nem quero criá-las nos outros. Eu não pretendo que essa virtude de milagre seja inerente a palavras mágicas, nem acredito que eu tenha apreendido ali o pensamento verdadeiro de Espinosa. Tanto que, lendo o longo primeiro volume de *Introdução*, honesto e receoso, de Emile Saisset, eu não me detinha aos argumentos amedrontados desse espiritualista, e saltava alegremente por sobre o parapeito no braseiro de que ele procurava, com seu trabalho, defender-me — Ingênuos opositores! É graças a eles que conhecemos e amamos os gênios proibidos! — assim, no próprio texto de Espinosa, eu descobria não a ele, mas a mim ignorado. Na inscrição traçada no umbral da *Ética*, nessas Definições com letras fla-

boyantes, je déchiffrais, non ce qu'il avait dit, mais ce que je voulais dire, les mots que ma propre pensée d'enfant, de sa langue inarticulée, s'évertuait à épeler. On ne lit jamais un livre. On se lit à travers les livres, soit pour se découvrir, soit pour se contrôler. Et les plus objectifs sont les plus illusionnés. Le plus grand livre n'est pas celui dont le communiqué s'imprimerait au cerveau, ainsi que sur le rouleau de papier un message télégraphique, mais celui dont le choc vital éveille d'autres vies, et, de l'une à l'autre, propage son feu qui s'alimente des essences diverses et, devenu incendie, de forêt en forêt bondit.

Je n'essaierai donc pas d'expliquer ici le sens libérateur de la vraie pensée de Spinoza, mais celui que j'y ai trouvé, parce que depuis l'enfance mon obscure passion, à tatons, le cherchait.

Et certes, ce n'est point le maître de l'ordre géométrique – « *Ethica ordine geometrico demonstrata* » – ce n'est point le rationaliste qui m'a conquis en Spinoza, – quelque jouissance esthétique que me procurent les jeux magnifiques de la raison : – c'est le réaliste.

Qu'il est étrange que cet aspect de la grande figure soit recouvert, jusqu'à devenir invisible, par le lourd verbalisme intellectuel des philosophes

mejantes, eu decifrava não o que ele dissera, mas o que eu queria dizer, as palavras que meu próprio pensamento de criança, em sua língua inarticulada, empenhava-se em soletrar. Nunca se lê um livro. Lê-se a si mesmo através dos livros, seja para descobrir-se, seja para controlar-se. E os mais objetivos são os mais iludidos. O maior livro não é aquele cujo comunicado se imprime no cérebro tal como a mensagem telegráfica sobre um rolo de papel, mas aquele cujo choque vital desperta outras vidas e, de uma a outra, propaga seu fogo, que se alimenta das essências diversas e, tornando-se incêndio, de floresta em floresta se alastra.

Não tentarei, portanto, explicar aqui o sentido libertador do verdadeiro pensamento de Espinosa, mas aquele que ali encontrei porque desde a infância minha obscura paixão, tateando, o procurava.

E certamente não foi o mestre da ordem geométrica (*Ethica ordine geometrico demonstrata*), não foi o racionalista que me conquistou em Espinosa (algum prazer estético que me oferecessem os jogos magníficos da razão): foi o realista.

Como é estranho que esse aspecto da grande figura esteja recoberto, a ponto de tornar-se invisível, pelo pesado verbalismo intelectual dos filó-

de profession ! Comment, du premier regard, ne saisissent-ils pas ce regard, cette voix, ivres du Réel !

Il est absolument nécessaire de tirer toutes nos idées des choses physiques, c'est à dire des êtres réels, en allant, suivant la série des causes, d'un être réel à un autre être réel, sans passer aux choses abstraites et universelles, ni pour en conclure rien de réel, ni pour les conclure de quelque être réel : car l'un et l'autre interrompent la marche véritable de l'entendement.

N'est-ce pas un principe de réalisme halluciné, qui gouverne en ces mots le *Traité de l'Entendement*, ajoutant aussitôt après, avec l'imperturbable assurance du visionnaire :

*... Mais il faut remarquer que par la série des causes et des êtres réels, je n'entends point ici la série des choses particulières et changeantes, mais seulement la série des choses fixes et éternelles.*

« *Les choses fixes et éternelles* » sont « *réelles* ». Elles sont *le plus réel.* Et tout ce qui est *réel* est *individuel.*

« *Les choses fixes et éternelles* » sont « *particulières* ». Point d'abstractions. Des Essences. Des Etres. Tout est *être* : — et les *Modes* innombrables et finis ; et l'infinité des *Attributs* infinis ; et l'Etre

sofos de profissão! Como, ao primeiro vislumbre, eles não captam esse olhar, essa voz, ébrios do Real!

Disso podemos ver ser-nos antes de tudo necessário que sempre deduzamos todas as nossas ideias das coisas físicas, ou seja, dos seres reais, indo, quanto se pode fazer segundo a série das causas, de um ser real para outro ser real, de modo a não passarmos a ideias abstratas e universais, quer não deduzindo delas nada de real, quer não as concluindo de coisas reais. Ambas as coisas, com efeito, interrompem o verdadeiro progresso do intelecto.

Não é um princípio de realismo alucinado que governa com essas palavras o *Tratado da Correção do Intelecto*[3], acrescentando logo em seguida, com a imperturbável segurança do visionário:

"Note-se, porém, que por série das causas e dos seres reais não entendo aqui a série das coisas singulares e móveis, mas apenas a série das coisas fixas e eternas."[4]

"As coisas fixas e eternas" são "reais". Elas são *o mais real.* E tudo o que é *real* é *individual.*

"As coisas fixas e eternas" são "singulares".[5] Sem mais abstrações. Essências. Seres. Tudo é *ser*: e os *Modos* inumeráveis e finitos; e a infinidade dos *Atributos* infinitos; e o Ser dos seres, a Substância,

des êtres, la Substance, « *L'Etre unique, infini, l'être qui est tout l'être, et hors duquel il n'y a rien* ».

Vertige!... Vin de feu!... Ma prison s'ouvre. Voilà donc la réponse, obscurément conçue dans la douleur et dans le désespoir, appelée par des cris de passion aux ailes brisées, obstinément cherchée, voulue, dans les meurtrissures et les larmes de sang, la voilà rayonnante, la réponse à l'énigme du Sphinx, qui m'étreint depuis l'enfance, — à l'antinomie accablante entre l'immensité de mon être intérieur et le cachot de mon individu, qui m'humilie et qui m'étouffe !

« *Nature naturante* » et « *nature naturée* »...

C'est la même.

« *Tout ce qui est, est en Dieu.* »

Et moi aussi, je suis en Dieu ! De ma chambre glacée, où tombe la nuit d'hiver, je m'évade au gouffre de la Substance, dans le soleil blanc de l'Etre.

Horizons inouïs ! Mon rêve, même en ses vols les plus délirants, est dépassé. Non seulement mon corps et mon esprit, mon univers, baignent dans des mers sans rivages, l'Etendue, la Pensée, dont nulle caravelle ne pourra faire le tour. Mais, dans l'insondable immensité, j'entends bruire, à l'infini, d'autres mers, d'autres mers inconnues, des At-

"este ser é único, infinito, quer dizer, todo o ser, e fora dele não há ser algum".[6]

Vertigem!... Vinho de fogo!... Minha prisão se abre. Eis então a resposta, obscuramente concebida na dor e no desespero, invocada por gritos de paixão com as asas quebradas, obstinadamente buscada, desejada, ei-la flamejante, a resposta ao enigma da Esfinge, que me abraça desde a infância – à antinomia ultrajante entre a imensidão de meu ser interior e a masmorra de meu indivíduo que me avilta e me sufoca!

"Natureza naturante" e "Natureza naturada"...[7]

São a mesma.

"Tudo que é, é em Deus."[8]

E eu também, eu sou em Deus! De meu quarto gelado, onde cai a noite de inverno, evado-me no abismo da Substância, no sol branco do Ser.

Horizontes inauditos! Meu sonho, mesmo em seus voos mais delirantes, foi ultrapassado. Não somente meu corpo e meu espírito, também meu universo banham-se em mares sem limites, a Extensão, o Pensamento, cuja vastidão nenhuma caravela poderá contornar. Mas, na insondável imensidão, escuto murmurar, ao infinito, outros mares, outros mares desconhecidos, Atributos inominá-

tributs innommables, inconcevables, à l'infini. Et tous sont contenus en l'Océan de l'Etre. Entre son pouce et son petit doigt, ils tiennent à l'aise. L'intuition de Spinoza ouvre les cieux fermés, – de deux siècles en avance, pionnière des *conquistadores* de la science moderne. Et si, dans ces Nouveaux Mondes, elle sait et nous dit que, sous notre forme humaine, nous n'aborderons jamais, elle nous communique l'ivresse de la certitude qu'ils existent, qu'ils sont là, près de nous : ce n'est pas seulement un fait de connaissance, mais le battement de cœur d'une coexistence. Enrichissement prodigieux de mon univers, il n'y a qu'un instant étranglé dans la cage de ma maigre poitrine ! Et mon cœur ne souffre pas de son énormité. Les ailes étendues, planant sur ces espaces, souffle à souffle, seul à seul, fixant le regard, sans ciller de la Face omniprésente – « *Facies totius universi* » – je me sens soutenu par l'infaillible main de la Libre Nécessité, qui émane du Dieu. Je ne tomberai point. Car je suis sien. Ma chute serait la sienne...

*Si una pars materiae annihilaretur, simul tota Extensio evanesceret...*

Je ne puis tomber qu'en Lui. Je suis calme.

veis, inconcebíveis, ao infinito. E todos estão contidos no Oceano do Ser. Entre seu polegar e seu dedo mínimo eles acomodam-se à vontade. A intuição de Espinosa abre os céus cerrados — com dois séculos de antecedência, pioneira dos *conquistadores* da ciência moderna. E se tal intuição sabe e nos diz que, sob nossa forma humana, nós não aportaremos jamais nesses Novos Mundos, também nos comunica a embriaguez da certeza de que eles existem, de que eles estão aqui, perto de nós: e não é somente um fato do conhecimento, mas as batidas do coração de uma coexistência. Enriquecimento prodigioso do meu universo, há apenas um instante sufocado na gaiola de meu estreito peito! E meu coração não sofre de sua enormidade. Com as asas estendidas, planando nesses espaços, de fôlego em fôlego, solidão em solidão, fitando, sem piscar, o olhar da Face onipresente — *Facies totius universi*[9] — sinto-me sustentado pela infalível mão da Livre Necessidade, que emana do Deus. Eu não cairei. Porque sou dele. Minha queda seria a sua...

*Si una pars materiae annihilaretur, simul tota Extensio evanesceret...*[10]

Eu não posso cair a não ser Nele. Estou calmo.

Tout est calme. Je jouis de ma plénitude et de mon harmonie...

*... Possédant par une sorte de nécessité éternelle la connaissance de moi-même et de Dieu et des choses, jamais je ne cesse d'être; et la véritable paix de l'âme, je la possède pour toujours.*

Mais ces dernières lignes de l'*Ethique*, il ne faut pas les lire – et je ne les lisais pas – avec les yeux froids de l'intelligence. Il faut y apporter la passion de son cœur et l'ardeur de ses sens. Il faut participer au spasme de cette « Béatitude », ainsi que lui-même il la nomme, notre Krishna d'Europe, et qui est « *un amour* » et une volupté, – la plus voluptueuse des jouissances humaines :

*Aeternitatem, hoc est, infinitam existendi, sive, invita latinitate, essendi fruitionem.*

Goûtez la saveur sensuelle de ce latin barbare; « *essendi fruitio* » !... De mes yeux, de mes mains, de ma langue, de tous les pores de ma pensée, je l'ai goûtée. J'ai étreint l'Etre.

O rire de Zarathustra! Je n'ai pas attendu Nietzsche pour te connaître. Tu résonnes ici, mais de quelles harmonies plus belles et plus pleines! Et comme elles sont proches de celles de l'*Ode à la Joie*!...

Tudo está calmo. Gozo de minha plenitude e de minha harmonia...

"Possuindo, por uma espécie de necessidade eterna, o conhecimento de mim mesmo e de Deus e das coisas, eu nunca deixo de ser; e a verdadeira paz da alma, eu a possuo para sempre."[11]

Mas essas últimas linhas da *Ética* não devem ser lidas – e eu não as lia – com os olhos frios da inteligência. É preciso trazer-lhes a paixão do coração e o ardor dos sentidos. É preciso participar do espasmo dessa "Beatitude", como ele mesmo a nomeia, nosso Krishna da Europa, e que é "um amor"[12] e uma volúpia – o mais voluptuoso dos gozos humanos:

*Aeternitatem, hoc est, infinitam existendi, sive, invita latinitate, essendi fruitionem.*[13]

Deguste o sabor sensual desse latim bárbaro, *essendi fruitio*!... Com meus olhos, com minhas mãos, com minha língua, com todos os poros do meu pensamento, eu o degustei. Eu alcancei o Ser.

Oh riso de Zaratustra! Eu não esperei Nietzsche para conhecê-lo. Você ressoa aqui, mas com que harmonias mais belas e mais plenas! E como elas são próximas da *Ode à alegria*!...

La joie est une passion qui augmente ou favorise la puissance du corps... La joie est bonne... La gaieté ne peut avoir d'excès, et elle est toujours bonne... Le rire est un pur sentiment de joie, et il ne peut avoir d'excès, et il est bon... Plus nous avons de joie, et plus nous avons de perfection...

... Jouir de la nourriture, des parfums, des couleurs, des beaux vêtements, de la musique, des jeux, des spectacles, et de tous les divertissements que chacun peut se donner, sans dommage pour personne...

... User des choses de la vie et en jouir autant que possible... Se réunir aux autres et tâcher de les unir, — car tout ce qui tend à les unir est bon — s'efforcer de partager sa joie avec les autres... — *s'unir, en pleine connaissance, avec toute la nature...*

*Seid umschlungen, Millionen !...*

Embrassons-nous, millions d'êtres !

Juillet 1924

A alegria é um afeto pelo qual a potência de agir do corpo é aumentada... A alegria é diretamente boa... A Hilaridade não pode ter excesso, sendo sempre boa... O riso, como o gracejo, é mera Alegria, e por isso, contanto que não seja excessivo, é bom por si... Quanto maior é a Alegria com que somos afetados, tanto maior é a perfeição a que passamos...[14]

...Gozar moderadamente de comida e bebida agradáveis, assim como cada um pode usar, sem qualquer dano a outrem, dos perfumes, da amenidade dos bosques, do ornamento, da música, dos jogos esportivos, do teatro e de outras coisas desse tipo"...[15]

...Servir-se das coisas da vida e usufruí-las tanto quanto possível... Reunir-se aos outros e tratar de os unir — pois tudo o que tende a uni-los é bom — esforçar-se por partilhar sua alegria com os outros...[16] — unir-se, em pleno conhecimento, com toda a natureza...[17]

*Seid umschlungen, Millionem!...*

Abracemo-nos, milhões de seres!

*Julho de 1924*

# Notas

1 Desde então a vegetação cresceu. Na época, o jardim havia acabado de ser inaugurado e era pedregoso.

2 Baruch de Espinosa, *Ética* I, Definições 3, 4, 5, 6 e a Explicação que se segue. Centelhas arrancadas das proposições 15 e 16 da parte I, até o Escólio do Lema 7 da parte II.

3 Id., *Tratado da correção do intelecto*, trad. Marilena de Souza Chauí, in *Os Pensadores* vol. XVII. São Paulo: Abril Cultural, 1973, p. 73.

4 Id., "*Per realitatem et perfectionem idem intelligo*" in *Ética*, II, Definição 6. ["Por realidade e perfeição entendo o mesmo", trad. Marilena Chauí e Grupo de Estudos Espinosanos. São Paulo: Edusp, 2015, p. 127.]

5 Id. *Tratado da correção do intelecto*, op. cit. p. 73–74.

6 Ibid., p. 68.

7 Id., *Ética* I, 29, Escólio, op. cit., p. 97.

8 Ibid., I, 15, p. 67.

9 Id., Carta 64 a Schuller. ["O aspecto do universo inteiro"] [edição francesa disponível: Spinoza, *Correspondance*, org. Max Rovere, Paris, GF Flammarion, 2010].

10 Id., Carta 4 a Oldenburg ["Se uma única parte da matéria se aniquilasse, imediatamente toda Extensão evanesceria..."] [edição francesa disponível: Spinoza, *Correspondance*, org. Max Rovere, Paris, GF Flammarion, 2010].

11 Romain Rolland retoma em primeira pessoa trechos do Escólio da Proposição 42 (*Ética*, v). [n. t.]

12 "*O amor divino ou a beatitude...*"

13 B. Espinosa, Carta 12 a L. Meyer, trecho [5] [Trecho completo: "Donde nasce a diferença entre eternidade e duração. Pela duração, nós podemos com efeito explicar somente a existência dos modos. E a da substância, *pela eternidade, isto é, pela fruição infinita do existir (a despeito do latim) do ser.*"]. No trecho citado por Romain Rolland, e aqui em itálico, Espinosa escreve "a despeito do latim" porque a forma como ele utiliza o verbo *ser* no final é um barbarismo que se distancia do latim clássico. [n. t.]

14 Id., *Ética*, iv, 41, 42 e 45 (Escólio do Corolário 2), op. cit., p. 443, 447, 449.

15 Id., *Ética*, iv, 45 (Escólio do Corolário 2), op. cit., p. 449.

16 Id., *Ética*, iv, 40, op. cit., p. 443.

17 Id., *Tratado da correção do intelecto*, op. cit., p. 53.

a

b

c

d

e

f

g

h

i

j

k

l

m

n

o
p
q
r
s
t
u
v
w
y
x
z

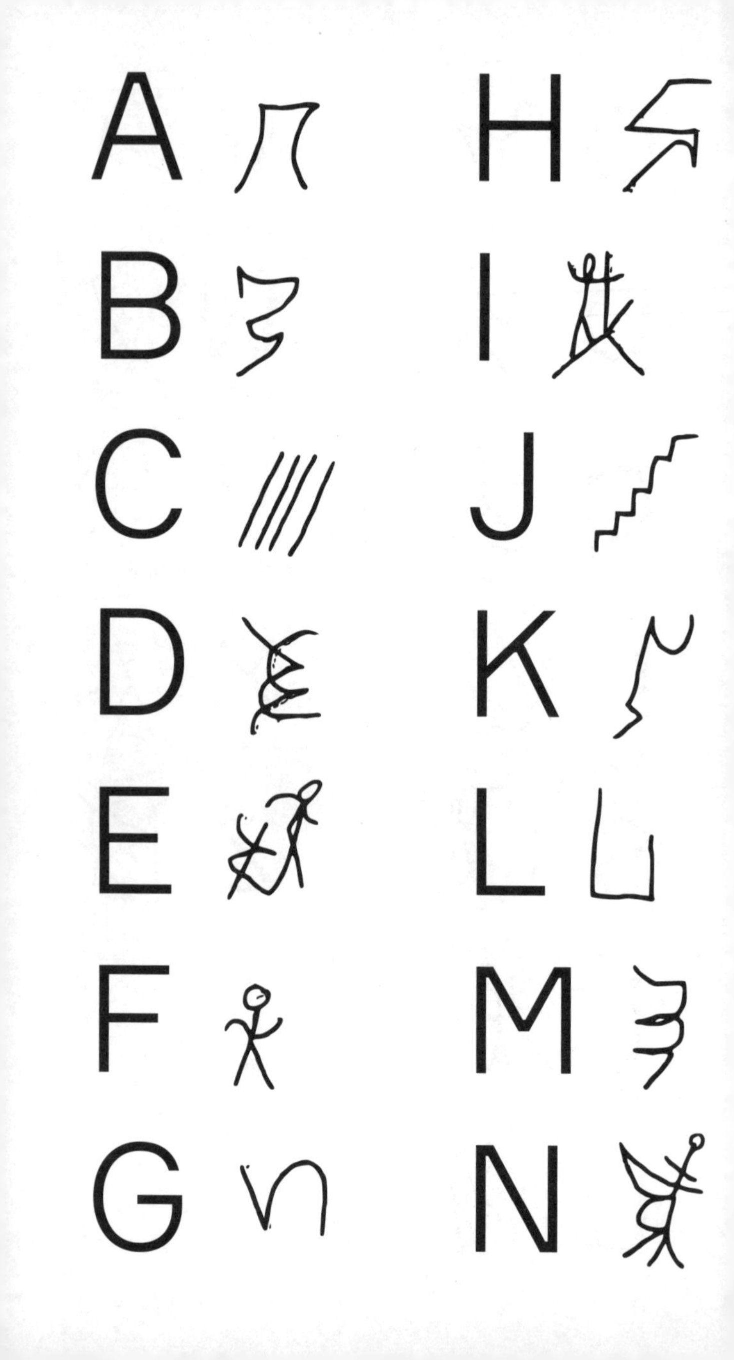
A
B
C
D
E
F
G
H
I
J
K
L
M
N

O
P
Q
R
S
T
U
V
W
Y
X
Z

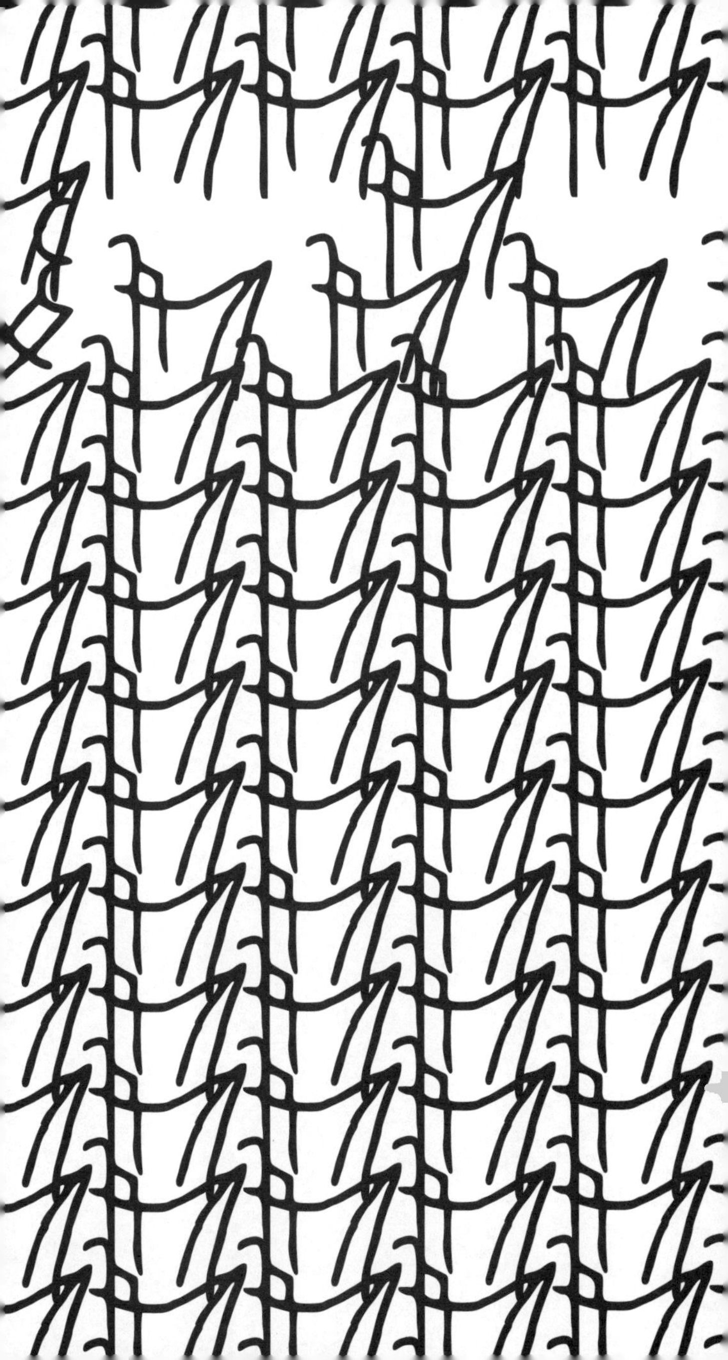

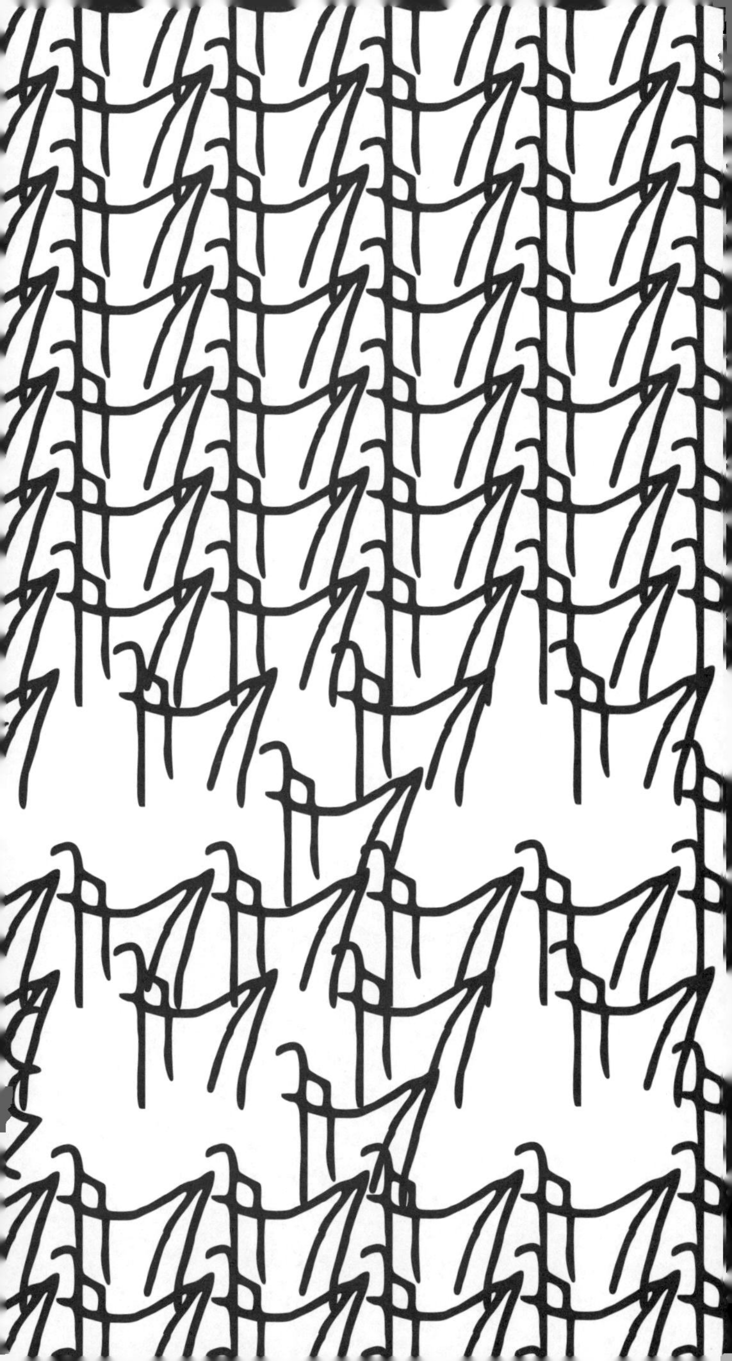

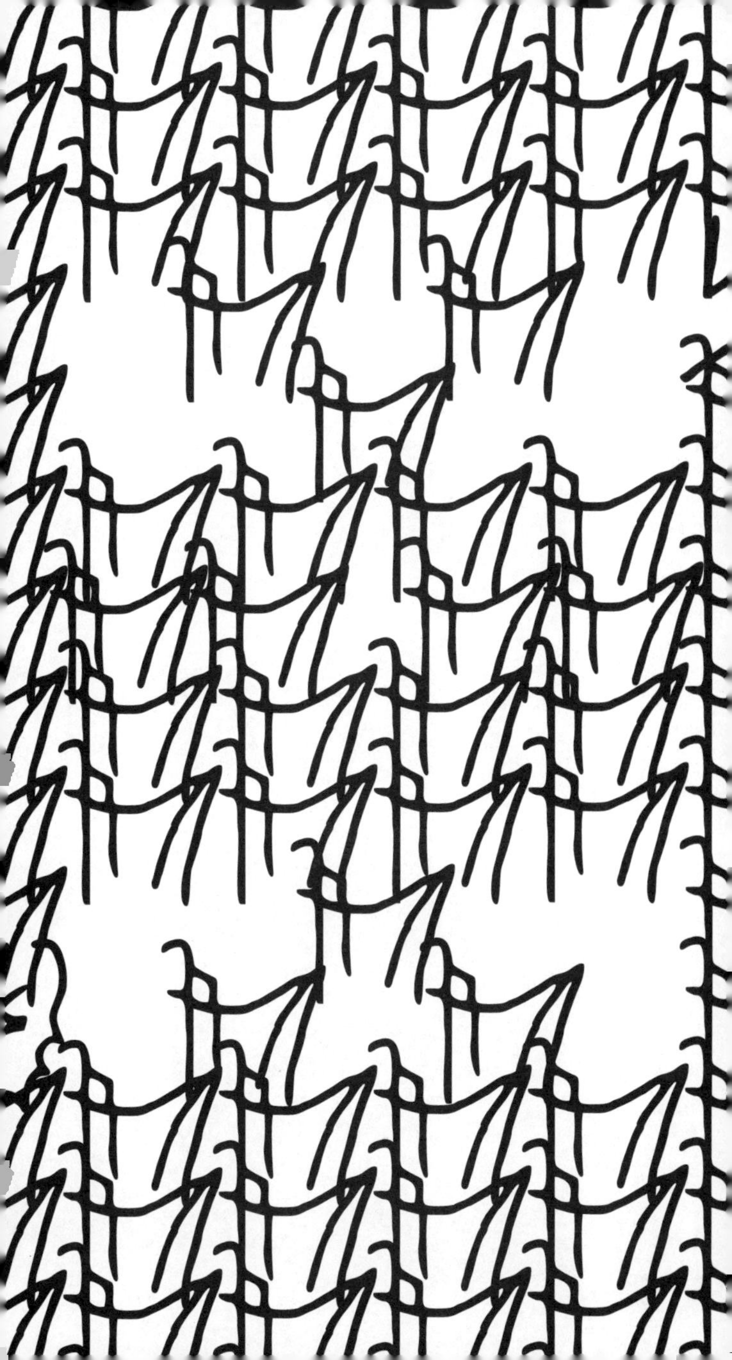

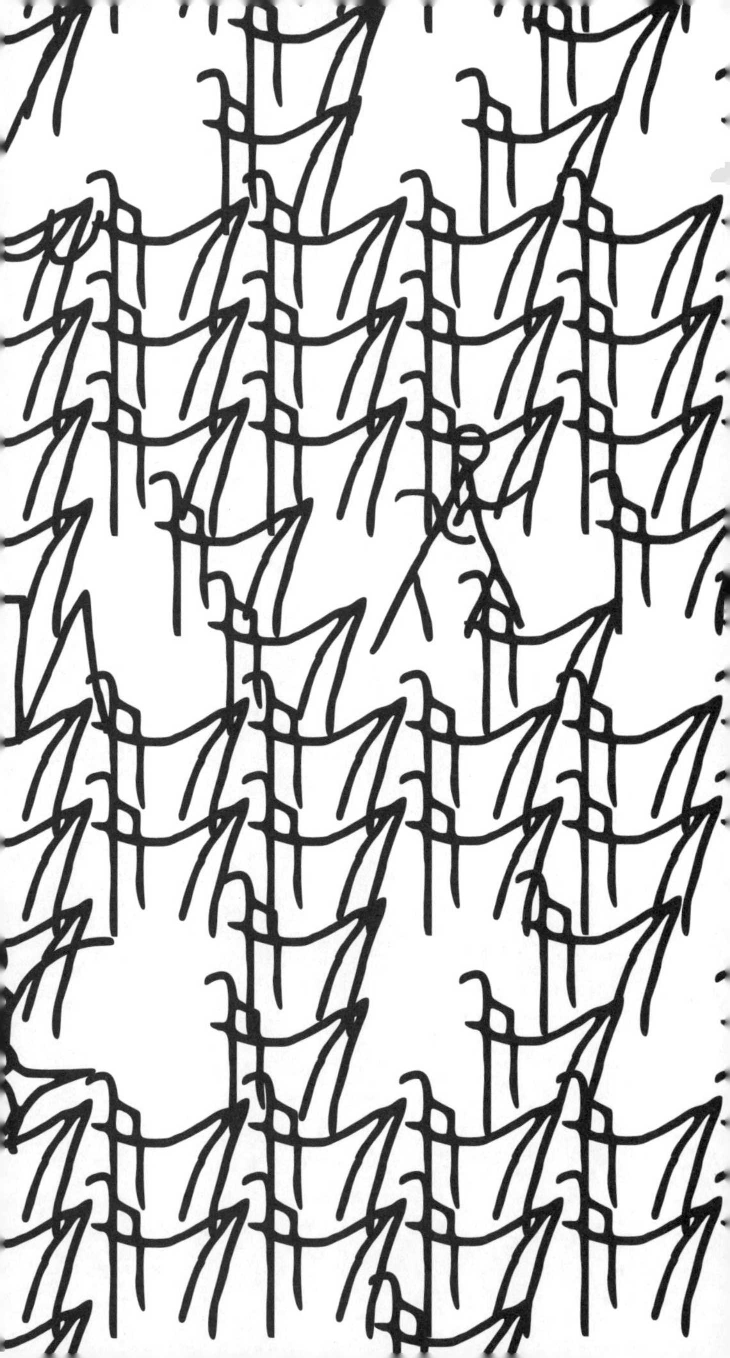

A ideia desta coleção Lampejos foi criar, para cada capa, um alfabeto diferente desenhado pelo artista Waldomiro Mugrelise. Entremear a singularidade dos textos de cada autor à invenção gráfica de um outro léxico e outra sintaxe.

"Todos os viajantes confirmaram: transformar o teclado do computador em mecanismo de fazer desenhos é a melhor solução para este projeto. A invenção de um dispositivo composicional além do léxico, quero dizer, anterior ao léxico, fará o leitor percorrer léguas de insensatas cacofonias, de confusões verbais e repetições que correspondem a idioma algum, por dialetal ou rudimentar que seja. A incoerência (inocorrência?) da palavra resulta em potencialidade gráfica infinita, um campo ilimitado para o desenho. Lucas compõe as capas a partir da tipologia fornecida por Waldomiro. Eu me visto de Waldomiro, diz ele. Ser meio para nenhum fim. As linhas caóticas da mão são capturadas e organizadas em um sistema que produz composições que o artista nunca criaria. Imagem é texto, como bem sabemos. Os livros, por diversos que sejam, constam de elementos iguais: o espaço, o ponto, a vírgula, as letras do alfabeto."

*Leopardo Feline*

n-1 edições + hedra

**Dados Internacionais de Catalogação na Publicação (CIP) de acordo com ISBD**

R749c Rolland, Romain

O Clarão de Espinosa / Romain Rolland. - São Paulo, SP : N-1 edições, 2020.
72 p. ; 11cm x 18cm. – (Coleção Lampejos)

Tradução de: L'eclair de Spinoza
ISBN: 978-65-81097-08-0

1. Filosofia. I. Título. II. Série.

2020-2549 CDD 100
CDU 1

**Elaborado por Vagner Rodolfo da Silva - CRB-8/9410**

**Índice para catálogo sistemático:**
1. Filosofia 100
2. Filosofia 1